AF611787

BENOIT SICARD

MOSAÏQUE

POÉSIES

Prix: 1 Franc

par la poste, 1 fr. 10 cent.

SE VEND
CHEZ L'AUTEUR A VALLAURIS (ALPES-MARITmes)
ET DANS LA PLUPART DES GRANDES LIBRAIRIES DE FRANCE

1872

MOSAÏQUE

VALLAURIS. - IMPRIMERIE DE P. VENTO & FILS
Rue Marchande

BENOIT SICARD

MOSAÏQUE

POÉSIES

Prix: 1 Franc

par la poste, 1 fr. 10 cent.

SE VEND
CHEZ L'AUTEUR A VALLAURIS (ALPES-MARIT^mes^)
ET DANS LA PLUPART DES GRANDES LIBRAIRIES DE FRANCE

1872

. . . .

Si le désir de la gloire est le premier mobile d'un artiste, c'est un noble désir, qui ne trouve place que dans une noble organisation. Malgré tous les ridicules qu'on peut trouver à la vanité, et malgré la sentence du *Misanthrope* de Molière, qui fait remarquer ;

> Comme dans notre temps
> Cette soif a gâté de fort honnêtes gens;

Malgré tout ce qu'on peut dire de fin et de caustique sur la nécessité de rimer, et sur le « qui diantre vous pousse à vous faire imprimer, » il n'en est pas moins vrai que l'homme, et surtout le jeune homme qui, se sentant battre le cœur au nom de gloire, de publicité, d'immortalité, etc.. ; pris malgré lui par ce je ne sais quoi qui cherche la fumée, et poussé par une main invisible à répandre sa pensée hors de lui-même : que ce jeune homme, dis-je, qui, pour obéir à son ambition, prend une plume et s'enferme, au lieu de prendre son chapeau et de courir les rues, fait par cela même une preuve de noblesse, je dirai même de probité, en tentant d'arriver à l'estime des hommes et au développement de ses facultés par un chemin solitaire et âpre, au lieu de s'aller mettre, comme une bête de somme, à la queue de ce troupeau servile qui encombre les antichambres, les places publiques et jusqu'aux carrefours. Quelque mépris, quelque disgrâce qu'il puisse encourir, il n'en est pas moins vrai que l'artiste pauvre et ignoré vaut souvent mieux que les conquérants du monde, et qu'il y a de plus nobles cœurs sous les mansardes où l'on ne trouve que trois chaises, un lit et une table, que dans les gémonies dorées et les abreuvoirs de l'ambition domestique. . . . .

(Avant-propos des comédies et proverbes d'Alfred de Musset.)

MOSAÏQUE

I

A L'OCÉAN

« Oh! — excepté celui dont le cœur l'a éprouvé et
« a bondi, triomphant sur l'abîme des eaux, qui peut
« dire le sentiment plein d'exaltation et le jeu délirant
« du pouls, qui font tressaillir l'homme errant sur
« cette voie sans bornes et sans traces. »

Lord BYRON. — Le Corsaire.

I

Mets-toi donc en courroux, ô sublime Océan!
O mer majestueuse à l'humide crinière,
Lance jusques au ciel, dans un superbe élan,
Ta vague qui bondit et si libre et si fière
Et je contemplerai ta sauvage colère,
Frappant l'écho d'un bruit de flamme et de volcan!

II

Sur ton dos frémissant qui porte mon navire,
L'ardente émotion fera, jusqu'au délire,

Augmenter de mon cœur les battements pressés;
Et des chants, se mêlant à tes cris insensés,
Jailliront de mon âme, ainsi que d'une lyre
Jaillissent par torrents les accords cadencés.

III

Souffle, souffle, ouragan! que la vague géante
Sans trêve se déchire en proie à ta fureur!
Que j'entende sous moi, battu par la tourmente
Aux tableaux effrayants et sublimes d'horreur,
L'Océan, blanc d'écume et frappé d'épouvante,
Se tordre dans son lit en hurlant de terreur!

IV

Ah! lorsque l'ouragan fait craquer la carène
Du vaisseau se cabrant sous ses coups répétés,
Quand sans cesse la mort parait presque certaine
Aux chocs tumultueux de tes flots indomptés,
Je sens, tremblant de crainte et de frayeur soudaine,
Mon cœur battre et s'emplir d'immenses voluptés!..

Dans l'Océan indien, à bord de la Vénus, décembre 1870.

II

ROMANCE

A MADEMOISELLE A**

Au pied de ma colline
Où passe un gave* vert
Qu'ombrage l'aubépine,
J'entends un doux concert.
Oui, le gave murmure
Ton nom sous la ramure.
O Vierge belle et pure,
Sois mes amours
Toujours!

Sur ma guitare aimée,
Pareil au frais vallon,

* Vallon, dans le Béarnais.

Je veux, sous la ramée,
Je veux chanter ton nom.
Toi dont la voix touchante
Jette en mon âme ardente
Une flamme brûlante,
Sois mes amours
Toujours !

Sous l'azur de ton voile,
Beau ciel du Béarnais,
Conserve mon étoile,
Mon ange désormais.
Jeune fille, je t'aime!
Sois unie à moi-même,
Sois mon bonheur suprême,
Sois mes amours
Toujours !

Toulon, à bord de l'Ajax 1867.

III

LOIN D'EUX

I

Sur le flanc parfumé d'une fraiche colline,
Où croissent en bouquets les orangers amers,
Où l'on entend le bruit de la vague marine
Qui sur la plage vient battre les rocs déserts,
Une blanche maison nettement se dessine
Avec sa porte jaune et ses abat-jour verts.

II

C'est là, devant les flots, la maison de mon père,
C'est là qu'il vient dormir, quand l'ombre sur la terre
S'abaisse vers le soir de l'azur éternel,
C'est là que, résigné, levant les yeux au ciel
Et murmurant un nom, il prie avec ma mère
Pour son fils emporté loin du toit paternel!

Cadix, à bord du Météore, Août 1866.

IV

SONNET

A UN AMI A PROPOS DE SA PIPE

L'existence, on le sait, est un chemin pénible
Où nous traînons les pieds par les cailloux meurtris;
La douleur quelquefois nous arrache des cris
Qui montent vainement vers un ciel insensible.

Misérables et nus, et bien souvent la cible
Des traits empoisonnés lancés par nos amis,
Sur la route où nous pousse une force invisible
Nous allons, trébuchants, comme des hommes gris.

Si, pendant le trajet que Dieu-même nous trace,
Un objet qui nous plaît sous nos pieds s'embarrasse,

Charmés, comme un marquis en habit de gala,

Nous jouons avec lui. — L'existence morose
Se colore soudain, et tout nous semble rose.
Ami, ta pipe un jour me fit cet effet-là...

Cochinchine, à bord de la Junon 1869.

V

A UN AMI

Si, dans ton cœur brûlant où fermente la vie,
L'amour au vol aveugle est venu s'égarer
Et qu'ivre des regards d'une femme chérie
Dans un monde idéal tu t'en vas soupirer,
Ah! n'abandonne plus ta nouvelle patrie :
Là, tes larmes seront si douces à pleurer...

Cherbourg, à bord de la Poursuivante 1868.

VI

COUPS DE MASSUE

« Non, ce n'est pas assez pour le chevreuil timide
» De n'aimer que les bois et la feuillée humide.
« Il a, pour fuir les loups des pieds aériens
« Et deux rameaux aigus pour éventrer les chiens! »

BRIZEUX, — *Marie.*

I

Nez risible et gluant, vaste bouche qui pue
Et qu'habite toujours une chique... un fumier,
Pied hideux emmanché d'une jambe tordue
Décorent cet amas de fange et de gravier.
Misérable sans cœur et plus bête qu'une oie,
Que dire quand le vin abrutit ton esprit?
Bien plus immonde alors que la fille de joie
Qui livre à tous ses flancs que le plaisir flétrit,
Tu t'en vas, titubant, te vautrer dans la rue!
La casquette à deux pas, l'œil énorme et fermé,

Dans le ruisseau voisin tu gis la tête nue,
Comme un chien dangereux par prudence assommé!..

II

Sous ton crâne de bouc où grouille la vermine,
Comme un crapaud patauge une âme sans amour!
Est-elle l'immortelle étincelle divine,
Ou le brutal instinct ayant de vie un jour?
Si vraiment c'est une âme, ah! certe elle est méchante,
Car elle a du serpent comme du scorpion,
Que n'ai-je à mon service, âme ignoble et rampante,
Pour flétrir sans retour ta laideur repoussante,
L'effrayant vers d'airain de Dante et de Byron!

Toulon, Mai 1871.

VII

SODOME ET GOMORRHE

« Alors le Seigneur fit descendre sur Sodome et
« Gomorrhe une pluie de soufre et de feu. »

GENÈSE.

Dieu puissant! tu brûlas et Sodome et Gomorrhe
Et leurs infâmes habitants,
Puis à ta voix un lac de soufre et de phosphore
Engloutit leurs débris fumants.

Terreur. — Sur les cités, le lac, comme un suaire,
Étend un flot hurlant et noir;
Et ce flot, dans la nuit, à son chant funéraire,
Mêle des cris de désespoir!

Tout périt sur ces bords: l'arbre comme la plante,
Car l'eau du lac est un poison.

Autour des peuples morts et sur l'eau gémissante
Plane une malédiction !

Et cependant, Seigneur, de suaves zéphires,
Pleins de senteurs et pleins de chants,
Jadis faisaient vibrer, comme de grandes lyres,
Le front vert des palmiers géants !

Alger, à bord du Météore 1866

VIII

A MON AMI J. A. JOURDAN

Docteur en Médecine.

Un jour que je bâillais comme un chat qui s'embête,
Que j'étirais mes bras et ne songeais à rien,
Je vis venir à moi certain homme en casquette
Qui marchait lestement accompagné d'un chien.

Cet homme, dans un sac, plongea sa main discrète,
Et, tirant une lettre, il me lut bel et bien
Un nom écrit dessus, ce nom, c'était le mien...
Je pris donc la missive et m'en fus en cachette

La lire. — Mais tandis que mon doigt écorchait
L'enveloppe glacée où l'écrit se cachait,
Je sentis quelque chose aussi dur qu'une lame...

Per Jovem! qu'est-ce donc, me dis-je sourdement,
En regardant l'objet de mon étonnement;
Tiens!.. c'était ton portrait tel qu'il est dans mon âme.

Toulon, Octobre 1867.

IX

AU MÊME

Marseille, ô ville insatiable,
Je veux être ton ennemi,
Car dans ta griffe impitoyable
Toujours tu retiens mon ami.

Va, notre affection modèle,
Amour que Dieu même épura,
Comme une étoile immortelle,
Incessamment rayonnera.

Nos âmes tendrement unies
De l'Amitié goûtent le miel.
Ames rares, âmes bénies,
Ici-bas vous trouvez le ciel.

Vallauris, Notre-Dame 1865,

X

AU TOMBEAU D'UN ENFANT

Quel silence de deuil règne en cette demeure,
Où le sombre cyprès balance ses rameaux,
Où le saule éploré de son feuillage effleure
L'albâtre des tombeaux!

Ah! que d'objets chéris sur leur couche de terre
Reposent à jamais dans ce funèbre lieu!
Là, c'est un nourrisson, à côté de sa mère,
Dormant sous l'œil de Dieu.

Plus loin, c'est une fleur, c'est une jeune fille,
Blonde comme les blés qui se courbent au vent,
Que le souffle de mort à sa pauvre famille
Arrache triomphant.

Là-bas, un doux vieillard dort dans sa tombe close
Et près de son chevet solitaire, éternel,

Dans le lit du sépulcre un bel enfant repose,
Loin du cœur maternel.

O Destin! se peut-il que ta hache stupide
Près d'nn corps de vieillard étende un corps d'enfant,
Et qu'on ne puisse, hélas! de ton bras homicide
Briser le fer sanglant!

L'enfance devant toi ne trouve donc pas grâce,
Quand tu t'en vas frappant la triste humanité?
Rien n'arrête tes coups, car dans ton cœur de glace
Siége la cruauté.

Que t'importent les cris, les larmes d'une mère
Et les douleurs sans nom qui font douter de Dieu,
Quand l'enfant adoré, qu'emprisonne la bière,
Descend au dernier lieu;

Quand ce que nous aimons, pareil au fruit qui tombe,
Abandonne à ta voix notre tremblante main
Et reste enseveli dans la nuit de la tombe
Aux ténèbres sans fin.

Oh ! devant ton cynisme une âme noble et fière
Ne s'armera jamais de résignation :
A chacun de tes coups elle aura pour prière
Une imprécation !

. . . .

Si vous jetez des fleurs sur le lit funéraire
De votre ange envolé comme un sylphe des airs,
Mêlés avec vos fleurs, jetez, ô pauvre mère,
Jetez ces quelques vers.

Lorient, Janvier 1869.

XI

EN PENSANT AUX MARINS

Quand, dorant le sommet des côteaux du rivage,
Les rayons du soleil sont pâles et mourants;
Quand la brise des mers rafraîchit le visage
De tout pauvre marin qui songe à ses parents;
Quand la nuit fantastique étend son voile sombre
Sur ce globe d'exil, d'où l'on entend monter
Vers le ciel étoilé des prières sans nombre
Que le Seigneur, hélas! ne veut pas écouter;
Quand l'aveugle destin à quelques-uns gaspille
Les jours de leur jeunesse en de tristes milieux
Sans qu'une providence, une étoile qui brille,
Verse un peu de clarté sur leur chemin fangeux;
Oh! quand ces parias, que plaint seul le poëte,
Peuplant ces noirs tombeaux que ballottent les mers,
Esclaves de la faim comme de la tempête,
Pendant des mois entiers jouets des flots amers,

N'espérant plus revoir leur famille inquiète,
Vont dans d'autres climats souffrir sous d'autres cieux ;
L'homme sensible et bon courbe bien bas sa tête,
Et des larmes du cœur viennent mouiller ses yeux...

Toulon, Août 1869.

XII

A UNE FOLLE QUI PLEURAIT

PENDANT UNE NUIT D'HIVER

I

Pauvre folle ! qu'as-tu pour troubler le silence
De la nuit solitaire où je veille en rêvant ?
Pourquoi ces longs sanglots si remplis de souffrance
Que tu pousses sans trêve et qu'emporte le vent ?
Ah ! cesse de gémir, pauvre femme en démence,
Car mon cœur attendri se brise en t'écoutant !

II

Pauvre folle ! je sais qu'en ta cellule humide
Ton corps endolori doit, hélas ! bien souffrir,
Je sais que la douleur, de ta poitrine aride,
T'arrache ces accents qui me font tressaillir.

O Dieu! prends en pitié cette femme livide,
Et, songeant à ton fils, ô Dieu! fais-la mourir!

III

Pauvre folle! souffrir est la loi que, sur terre,
Inflexible a posée un farouche Destin.
Il faut, jusques au fond, vider la coupe amère
Que tend à tout vivant la Vie au cœur d'airain;
Il faut que notre corps, par la sombre Misère,
Comme un os soit rongé jusqu'à la nuit sans fin!

Novembre, 1867.

XIII

DEUX MOTS DE POLITIQUE

ÉCRITS EN 1867

« Va, Bonaparte, remplis ta tâche avec intelligence,
« et, s'il se peut, avec plus d'honneur que Louis-Phi-
« lippe. Tu seras le dernier des gouvernants de la
« France. »

Les Conf. d'un révolut. P.-J. PROUDHON.

I

Il me vient à l'esprit de rimer quelque chose
Sans savoir bien à point ce que je vais conter,
N'importe, en attendant (et sans m'inquiéter
Si je dois en ces vers encenser fille ou rose)
Je noircis, bien fâché si le lecteur en glose,
La feuille de papier que je viens d'acheter.

II

Je donne carte blanche à ma plume joyeuse,
Semblable à Sévigné, je lui mets sous le cou
La bride, étrange agent, force mystérieuse

Qui fait trotter sans peur toute plume à son goût.
Plume, jase à ton gré comme une pie oiseuse,
Et, libre ainsi que l'air, ne subis aucun joug;

III

Car je n'aime pas ceux qui s'efforcent sans cesse
A poser un bâillon à leurs pensers hardis.
Ils peuvent estimer, ces gens ainsi bâtis,
La Vérité, mais dame, ils pêchent par faiblesse,
Pourquoi vouloir cacher ce que le cœur confesse,
Quand moi, qui ne suis rien, sans détour je le dis?

IV

Enfant, me dira-t-on, votre jeune cervelle
Va peut-être attaquer les actes du plus fort.
Ah! cessez, croyez-nous, cessez cette querelle;
N'allez donc pas crier près du tigre qui dort,
C'est mauvais de hâter, d'une voix par trop frêle,
Un réveil qui pourrait, certes, vous coûter fort.

V

Voilà ce que des gens aux talents estimables,
Mais loin d'être virils, me jetteront au nez.

Vraiment de tels discours sont lâches, déplorables;
Je ne puis concevoir qu'en nos jours fortunés,
Où l'on s'est affranchi des engins exécrables
Que depuis si longtemps nous tenaient enchaînés,

VI

L'on puisse raisonner de cette étrange sorte.
Dès lors, la liberté n'est plus que chose morte
Si l'on craint de blâmer les projets noirs, hideux,
Qu'un heureux misérable exécute à nos yeux
Comme aux temps féodaux. Que le diable m'emporte,
Si je ne cherche pas à flétrir un tel gueux.

VII

D'un côté, je le sais, ma voix est trop obscure
Pour que Napoléon la redoute un instant.
N'importe, je dirai : que son joug est pesant;
Que la Nation souffre et puis tout bas murmure;
Qu'il travaille lui-même à sa chûte future,
Et qu'il peut bien payer ses forfaits de son sang.

VIII

Non, l'on ne peut dompter un peuple à l'esprit libre,

Un peuple dont le sang circule avec chaleur,
Le nom de Liberté comme une corde vibre
Sur son luth palpitant qui s'appelle le cœur,
Non, l'on ne peut briser cette puissante fibre
Qui chante et lui promet un avenir meilleur.

IX

Les vieux temps sont passés; Sire, gare à la bombe,
Et laissez-nous courir vers le but désiré.
La nuit n'existe plus, le peuple est éclairé,
Et sous la Vérité la Fausseté succombe.
Tout cela fait l'effet d'une espèce de trombe
Qui vole, et dans ses flancs porte un éclair sacré.

X

Cet éclair, voyez-vous, à la lumière immense,
Rapide, jaillira lorsque l'intelligence
Aura conquis ses droits qu'elle proclame en vain;
Jusqu'à cet heureux jour, nous marchons en silence
En aiguisant le fer qui percera le sein
Des lâches ennemis du peuple souverain!

XI

Je conviens avec vous, ô prince magnanime!
Que tout ce que je dis ne vous doit guère aller,
Et que si, par hasard, cet écrit que je rime
Tombait sous votre main assez bien faite au crime,
Vite, j'aurais, bandit, du bois pour oreiller,
Car vous me feriez, hein! pour le moins fusiller?

XII

C'est votre droit d'ailleurs de broyer comme verre
Tout pionnier s'armant d'un fer rouge toujours;
Narguant votre Pouvoir, objet de vos amours,
Qui nous coûta l'exil, la mort même d'un père;
Ce Pouvoir fils du Deux-Décembre, sombre affaire,
Crime qui fit pâlir les astres et les jours!

XIII

Convaincu que les morts gardent tous le silence,
Et pour mieux filouter la couronne de France,
Vous avez égorgé! depuis vous gouvernez,
Nous hurlant de Bordeaux : l'Empire, c'est la Paix!

Ce mensonge fut dit avec tant d'impudence
Que le bon peuple crut à vos accents damnés.

XIV

Oui, le peuple vous crut, pensant au fond de l'âme,
Que vous rachèteriez votre conduite infâme
Par un gouvernement libéral, généreux.
Hélas! il s'est trompé, car voyez de vos yeux
Dans les bourbiers dressés par vous même, homme
[et femme,
Tordre, comme des vers, leurs maigres corps hideux!..

XV

Oui, oui, Caïn aîné, de ces peines sans nombre
Contemple avec plaisir l'épouvantable horreur!
Entends ces malheureux geindre en tirant dans l'ombre
La chaîne de leurs jours que forge le malheur.
O peuple, dévoré par l'ardente douleur,
Debout, et puissamment vomis, sous le ciel sombre,
L'hymne de Liberté qui couve dans ton cœur!

Toulon, Mars 1867.

XIV

RÊVERIES AUTOMNALES

« Lorsque la main écrit, c'est le cœur qui se fond. »

MUSSET.

Soleil le froid te prend ; ta chaleur bienfaisante
Chauffe à peine le saule au long feuillage gris,
Et, livide, la fleur sur sa tige tremblante
Vers toi tend vainement ses pétales flétris.

Pâle Automne, tu viens sur nos vertes collines
Semer le deuil funèbre à chacun de tes pas,
Calme, et plus pure alors que des eaux cristallines,
L'âme aux rêves sans fin s'abandonne tout bas,

Chaste Mélancolie, ô Vierge au blanc visage!
Qu'il est doux sur ton sein d'étendre sa douleur,

Qu'il est doux sur ton front, que ne peut rider l'âge,
De cueillir des baisers quand soupire le cœur.

Ah! laissez-moi rêver, lorsque la feuille morte
Tombe des rameaux secs longtemps verts et touffus.
Et quand le vent du soir la ramasse et l'emporte
En la faisant valser avec un bruit confus.

Laissez-moi me noyer dans la tristesse sainte
Pour y boire à longs traits l'oubli de la douleur,
Laissez-moi lui sourire et m'y bercer sans crainte:
Elle panse si bien les blessures du cœur.

O pic au blanc sommet! Condor au vol sublime!
Vous qui, hardis, fendez le bleu cristal des cieux!
Vous qui bravez la foudre en riant de l'abime,
Et sans cesse montez dans l'azur radieux!

Ah! pourquoi cherchez-vous ces hauteurs souveraines,
Habitants de l'éther à l'effrayant essor!
Pourquoi donc hantez-vous ces régions lointaines,
Où votre front altier frappe les astres d'or!

C'est pour parler à Dieu de l'humaine Misère,
Vieille comme la Mort et la Fatalité,
Hydre à la dent de fer mangeant l'Humanité,
Que vous fuyez si loin notre hideuse terre...

Toulon, Février 1872.

XV

CONTEMPLATION

« Dieu seul est grand! »

MASSILLON.

C'était l'heure où l'on dort; l'étoile étincelante
Brillait comme une larme au sein de l'empyrée;
Le navire, en fendant l'onde phosphorescente,
Ceignait son noir contour d'une écharpe dorée.
Je levais mes regards vers les vives étoiles
Qui doucement tremblaient sous le dôme des cieux,
Et, tandis qu'un vent frais gonflait les blanches voiles,
Isolé sur le pont, j'errais silencieux,
Contemplant l'Infini; mon œil sondait l'abîme,
Il voguait, éperdu, dans l'espace profond,
Dans l'espace effrayant, insondable, sublime
Qui devant lui s'ouvrait sans rives et sans fond;

Mon regard s'émoussait sous la voûte éternelle
Où l'argenté ruban, d'astres d'or pailleté,
Autour du front obscur de chaque nuit nouvelle,
Flotte en y secouant sa douteuse clarté.
Oh! contemplons toujours ces sphères et ces mondes,
Semés comme des grains dans les champs radieux,
Et devant Dieu dansant leurs valses et leurs rondes
Aux célestes accords de la harpe des cieux!
Ame de l'Univers! quels spectacles sublimes
Que ces mondes peuplant l'immense éther bruni!
Ah! dans leurs vols sans fin à travers les abîmes,
Ils racontent ta gloire, Ame de l'Infini!

A bord du Météore, détroit de Gibraltar 1866.

XVI

ÉLÉGIE

AU TOMBEAU D'ALFRED DE MUSSET

« Honte à toi, femme à l'œil sombre,
« Dont les funestes amours
« Ont enseveli dans l'ombre
« Mon printemps et mes beaux jours! »

Alfred de MUSSET.

O toi que le génie effleura de son aile,
Cher Musset, te voilà dans la couche éternelle!
Ton luth mélodieux, sans âme désormais,
Comme toi se repose à l'ombre des cyprès,
Et nul ne pourra plus, d'une main aussi sûre,
Lui tirer de nouveau ce sublime murmure
Qui, toujours parfumé de jeunesse et d'amour,
Délassait les mortels des fatigues du jour.
Ton luth nous est resté; mais sa pure harmonie
Sur des bords étrangers a suivi ton génie,

Et l'instrument du ciel qui vibrait sous ta main
Se tait, enveloppé d'un silence sans fin!
Ah! pourquoi jeune encor quittas-tu l'existence?
Lorsqu'à tes chants aimés applaudissait la France,
Lorsqu'un peuple écoutait, attentif, anxieux
Ton langage divin, pur langage des dieux,
Pourquoi, furtivement, et dans ce beau délire,
A l'arbre du tombeau suspendis-tu ta lyre?
Sympathique Musset, la cause de ta mort
Fut l'œuvre d'une femme et non celle du sort,
Une femme au cœur vain, sirène aux yeux de flamme,
De son venin mortel empoisonna ton âme;
Tu te pris à l'aimer d'un noble et pur amour
Sans que son cœur étroit te payât de retour;
Sentant crouler alors ton bonheur sur la terre
Triste, tu regardas la pierre funéraire
Qui renferme ici-bas bien d'amères douleurs,
Puis au fond de ton âme une voix te dit: « Meurs. »
Tu mourus! Cette femme à jamais avilie,
Trop stupide, hélas! pour respecter le génie,
T'étouffa sur son cœur à tout amour fermé.
Poëte, tu mourus pour avoir trop aimé!

Solferino, Mars 18[illegible].

XVII

SOUS LES CYPRÈS

DE LA COLLINE DE NOTRE-DAME

> « Qui a bu boira, qui a songé songera... Et c'est ainsi qu'on pénètre dans l'impénétrable..., et c'est ainsi qu'on s'en va dans les élargissements sans bords de la méditation infinie. »
>
> V. Hugo. — Vie de Shakespeare.

Le Soleil, de la mer au front d'azur qui tremble
Et qui sous ses rayons brille et se dore, semble
S'éloigner à regret;
Le voile obscur des nuits s'abaisse sur la terre,
Et du golfe, apporté par la brise légère,
Monte un bruit de forêt.

La nuit a déroulé son crêpe funéraire
Sur le ciel, sur le golfe et sur la vague amère

Que brise un noir récif;]
Et tout s'est effacé devant ma vue obscure,
Mais sans cesse j'entends du flot le sourd murmure
Que j'écoute pensif.

Et je songe, penché vers le sombre rivage
D'où monte incessamment ce murmure sauvage,
Ce chant mystérieux.
Et mon esprit, qu'émeut cette rumeur sublime,
Emporté par les vents infinis de l'abîme,
S'engloutit dans les cieux!

Vallauris, Notre-Dame, Juillet 1872.

XVIII

UN CRI!

« Insistons d'ailleurs sur ceci, car l'émulation des esprits c'est la vie du beau, ô poëtes, le premier rang est tojours libre. Écartons tout ce qui peut déconcerter les audaces et casser les ailes; l'art est un courage; nier que les génies survenants puissent être les pairs des génies antérieurs, ce serait nier la puissance continuante de Dieu. »

V. Hugo. — W. Shakespeare.

O vieux Prêtre de l'Art! dans le vers granitique,
Qu'il est beau de jeter des cris de Liberté!
Qu'il est beau de cueillir la palme poétique
Et de monter, sublime, à l'Immortalité!
Si mes vers sont par toi traités avec bonté,
Aigle! je vais te suivre en ton vol homérique!..

TABLE

ERRATA

Page 8, 4me Strophe, 3me ligne. - Lisez : Quand sans cesse la mort paraît...

Page 16, 3me ligne. - Lisez : Est-elle l'im*m*ortelle.

Page 19, 7me ligne. - Lisez : Ainsi qu'une étoile im*m*ortelle...

Page 30, 6me Strophe, 3me ligne. - Pas de virgule après le mot *hideux*.

Page 32, 2me ligne. - Lisez : Que tout ce que je dis *ne vous doit guère aller*.

Page 34, 1re ligne. - Lisez : ta ch*a*leur...

Page 40, 19me ligne. - Lisez : Tu mourus ! *cette femme à jamais avilie*...

VALLAURIS. - IMPRIMERIE DE P. VENTO & FILS
Rue Marchande

www.ingramcontent.com/pod-product-compliance
Ingram Content Group UK Ltd.
Pitfield, Milton Keynes, MK11 3LW, UK
UKHW021130230726
13926UKWH00002B/716